Analyse de l'œuvre

Par Jule Lenzen

Deux soeurs pour un Roi

Philippa Gregory

lePetitLittéraire.fr

Analyse de l'œuvre

Par Jule Lenzen

Deux soeurs pour un Roi

Philippa Gregory

Rendez-vous sur lepetitlitteraire.fr et découvrez :

Plus de 1200 analyses
Claires et synthétiques
Téléchargeables en 30 secondes
À imprimer chez soi

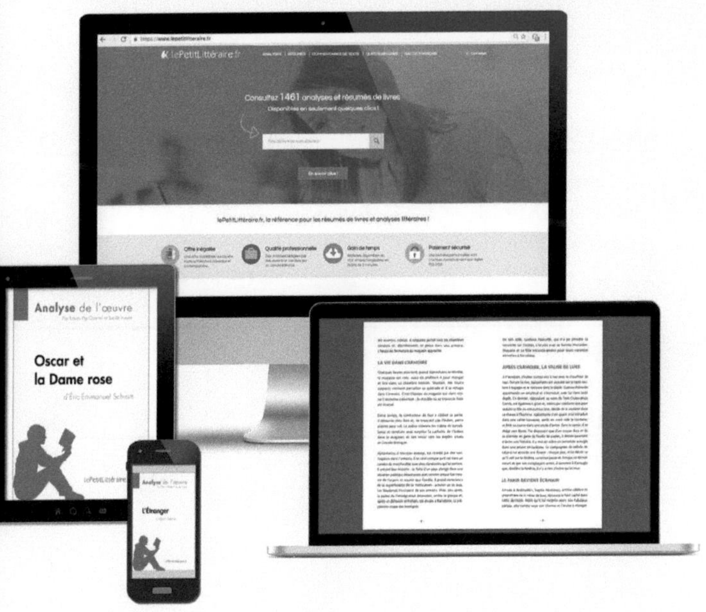

PHILIPPA GREGORY — 5

Romancière anglaise — 5

DEUX SŒURS POUR UN ROI — 6

La vie dangereuse des femmes à la cour des Tudor anglais. — 6

RÉSUMÉ — 7

La liaison de Marie avec le roi — 7
La liaison d'Anne avec le roi — 8
Anne, Reine d'Angleterre — 9

ÉTUDE DE CARACTÈRE — 11

Mary Carey (née Boleyn) — 11
Anne Boleyn — 12
Henry VIII — 13

ANALYSE — 15

Genre : roman historique — 15
Contexte historique et exactitude — 16
Dispositifs narratifs — 18

POURSUITE DE LA RÉFLEXION — 22

Quelques questions à méditer… — 22

AUTRES LECTURES — 24

Édition de référence — 24
Études de référence — 24
Sources supplémentaires — 25
Adaptations — 25

PHILIPPA GREGORY

ROMANCIÈRE ANGLAISE

- **Née à Nairobi, au Kenya, en 1954.**
- **Travaux notables :**
  - *Un métier respectable* (1995), roman
  - *L'héritage des Boleyn* (2006), roman
  - *La Reine blanche* (2009), roman

Philippa Gregory est historienne, écrivain et animatrice. Elle est titulaire d'un doctorat en littérature du XVIIIe siècle de l'université d'Édimbourg. Auparavant, elle était diplômée en histoire de l'université du Sussex. Elle est régente de l'université d'Édimbourg, membre honoraire des universités du Sussex et de Cardiff et titulaire d'un diplôme honorifique de l'université de Teesside. En 1993, elle a fondé l'organisation caritative Gardens for The Gambia.

Ses romans se déroulent dans des contextes historiques, tournant souvent autour de l'histoire royale britannique. Elle a également écrit des histoires fictives dans un cadre historique, comme *A Respectable Trade*, qui raconte l'histoire d'amour entre une jeune Anglaise et son domestique noir dans le Bristol du XVIIIe siècle. Sa dernière publication est *Dark Tracks*, le quatrième volume d'une série historique qui se déroule dans les années 1500, autour de l'expansion de l'Empire ottoman en Europe.

DEUX SŒURS POUR UN ROI

LA VIE DANGEREUSE DES FEMMES À LA COUR DES TUDOR ANGLAIS.

- **Genre :** roman historique
- **Edition de référence :** Gregory, P. (2017) *The Other Boleyn Girl.* Londres : Harper.
- **1ère édition :** 2001
- **Thèmes :** Histoire royale britannique, Tudors, intrigue, pouvoir, trahison, rivalité entre sœurs, développement féminin, amour.

Anne Boleyn est un nom bien connu de l'histoire britannique, en tant que seconde épouse d'Henri VIII. Le nom de sa sœur Mary est moins connu : elle était la maîtresse du roi avant Anne et, selon Gregory, lui a même donné deux enfants. Gregory explore cette partie de l'histoire du point de vue de Mary Carey (née Boleyn) dans son roman *Deux sœurs pour un Roi*. Gregory a passé trois ans à faire des recherches avant d'écrire l'histoire (Chrisafis, 2002 : n.p.). Le roman a été immensément populaire et a remporté le prix du roman de l'année en 2002. Son exactitude historique est toutefois contestée.

RÉSUMÉ

Le livre commence comme il se termine : par une décapitation. Mary a 13 ans, elle est déjà mariée et assiste à la décapitation de son oncle, le duc de Buckinghamshire. Elle croit que le roi va gracier son prisonnier au dernier moment, mais il ne le fait pas. Un an plus tard, en 1522, Mary est une dame d'honneur à la cour de la Reine Catherine, princesse d'Espagne et Reine d'Angleterre. Son père ramène à la cour sa sœur Anne, qui a été éduquée à l'étranger, à la cour de France.

LA LIAISON DE MARIE AVEC LE ROI

Le roi se prend d'affection pour Marie, et celle-ci est poussée par sa famille à entamer une liaison avec lui. Cette liaison dure de 1522 à 1527. Marie est d'abord réticente, étant déjà mariée, mais finit par céder sous la pression de sa famille. Henri la couvre de cadeaux : un nouveau cheval, de nouvelles robes, des titres et des richesses pour les membres de sa famille. George, son frère et conseiller du roi, est celui qui l'escorte toujours vers et depuis les chambres du roi. Le roi est de plus en plus inquiet que sa Reine ne lui donne pas un fils et un héritier. C'est pourquoi la famille encourage la liaison entre Mary et Henry – si elle lui donne un fils, la famille s'élèvera en sa faveur et le garçon pourrait éventuellement devenir le roi d'Angleterre. Mary tombe enceinte et donne naissance à une fille qu'elle nomme Catherine en l'honneur de la Reine. Le bébé lui est enlevé peu après et elle se languit de la retrouver. Dans le même temps, Anne est tombée amoureuse d'un noble de la cour, Henry Percy. Il est l'héritier du duc de Northumberland et a donc un statut plus élevé qu'Anne. Ils se marient en secret et consomment le mariage. Le père d'Henry Percy s'oppose au mariage, tout comme la famille Boleyn/Howard, et le mariage est annulé contre la volonté d'Anne et d'Henry. Mary commence à passer ses étés à Hever, la résidence familiale dans le Kent. Elle tombe à nouveau enceinte, et cette fois, elle donne naissance à un garçon, Henry. Pendant sa grossesse et son alitement (durant le dernier mois de la grossesse, les femmes devaient s'allonger dans une pièce sombre), la famille Boleyn/Howard ne veut pas que l'attention du roi se détourne d'elle, et ordonne donc à Anne de distraire le roi.

LA LIAISON D'ANNE AVEC LE ROI

Anne a toujours été ambitieuse, et elle a clairement fait savoir dès le début du roman qu'elle ne se contenterait jamais d'être la maîtresse du roi. Alors qu'il tombe de plus en plus amoureux d'elle, elle le tient à distance. Ils complotent ensemble pour mettre de côté la vieille Reine, car elle est désormais stérile et ne peut pas donner d'héritier à Henri. Ils prévoient de faire annuler le mariage au motif qu'elle était auparavant la femme du frère d'Henri et que c'est contre la volonté de Dieu qu'il l'a épousée. Alors qu'Anne est la compagne constante du roi pendant la journée, Marie est envoyée la nuit pour satisfaire les désirs sexuels du roi et l'empêcher de se tourner vers d'autres familles. Pendant les mois d'été, Mary se rend toujours à Hever, où elle passe du temps avec ses enfants. Après que le roi l'ait mise de côté, elle et son mari, William Carey, apprennent peu à peu à se connaître et deviennent amants. En 1528, il y a une épidémie d'une maladie, la suante, et Anne se bat pour sa vie mais survit. Le mari de Mary meurt. Anne complote pour adopter le fils de Mary, Henry, afin que le roi obtienne une nouvelle épouse et un héritier en un, en l'épousant.

ANNE, REINE D'ANGLETERRE

Après six ans de liaison, Henri passe finalement outre l'Église catholique, se déclare chef de la nouvelle Église d'Angleterre et épouse Anne. Elle n'est pas appréciée par le peuple pour avoir écarté la Reine Catherine, qui vit désormais en exil dans un domaine, et le couronnement d'Anne se déroule sans les acclamations du public. Au départ, le mariage entre Henri et Anne semble être un bon parti. Anne tombe enceinte, mais au lieu du garçon espéré, elle donne naissance à une fille, la princesse Elizabeth. Au cours de sa grossesse, l'attention d'Henri s'éloigne d'elle et il prend une nouvelle maîtresse, une autre fille Howard. Anne en est mécontente et sa vie est de plus en plus marquée par la peur constante d'être supplantée et le désir désespéré de donner naissance à un garçon.

Entre-temps, Mary passe toujours ses étés à Hever et est souvent accompagnée de William Stafford, l'un des hommes qui travaillent pour son oncle. De par son nom et son rang, il est bien inférieur à elle, mais il la séduit néanmoins. Il lui promet une vie simple, celle d'une femme de fermier, loin de la cour. Lors d'un voyage de la cour à Calais, ils deviennent amants (bien qu'ils ne couchent pas ensemble), mais William veut se marier et Mary se sent trop liée aux souhaits de sa famille pour accepter. William quitte la cour. Mary réalise qu'elle veut passer sa vie avec lui et le suit dans sa ferme, où ils se marient. Ils retournent à la cour, mais ne parlent à personne de leur mariage.

Anne donne naissance à plusieurs bébés morts, et George et Mary l'aident à dissimuler ses fausses couches afin d'éviter les rumeurs de la cour. Henry s'éloigne de plus en plus d'Anne, qui, dans son désespoir, couche avec son frère George pour finalement donner naissance à un garçon. Lorsque Mary tombe enceinte de son mari William, Anne la bannit de la cour pour avoir désobéi à ses souhaits. Mary donne naissance à une fille, et lorsque Anne est enceinte, elle est accueillie de nouveau à la cour. Il devient évident qu'Henri déteste sa femme, et il élabore finalement un plan pour s'en débarrasser. Il fait la cour à Jane Seymour, et Anne est envoyée à la Tour. Catherine, la fille de Marie, accompagne Anne. Jusqu'au dernier moment, Marie ne veut pas croire qu'Henri décapitera Anne, mais celle-ci sera exécutée en 1536.

ÉTUDE DE CARACTÈRE

MARY CAREY (NÉE BOLEYN)

Au début du roman, Mary n'est qu'une jeune fille, mais elle est déjà mariée. Tout au long du roman, elle s'épanouit pour devenir une femme et une mère. Mary est la plus jeune des trois frères et sœurs Boleyn : elle a une sœur aînée, Anne, et un frère aîné, George. Elle est mariée à William Carey à l'âge de 12 ans, qui meurt en 1528, quand Mary a 20 ans. Elle a les cheveux clairs, tout le contraire de sa sœur Anne. Pendant son mariage avec Carey, Mary reçoit l'ordre de sa famille de devenir la maîtresse du roi, ce à quoi elle obéit. Elle lui donne une fille, Catherine, en 1524 et un fils, Henry, en 1526. Mary est dévouée à la Reine Katherine et déteste le rôle qu'elle doit jouer dans sa trahison (p. 250).

Elle aime passer l'été à Hever, la résidence familiale dans le Kent, et rêve d'une vie simple. Elle connaît sa place et se soumet aux souhaits de sa famille. Elle tente de se défendre à quelques reprises, mais elle a trop peur du pouvoir que sa famille exerce sur elle. Son véritable acte de défi est d'épouser William Stafford par amour, plutôt que par statut.

Mary est très naïve et parfois un peu lente à se mettre au courant de la politique actuelle (p. 328), mais elle a bon cœur. Elle est caractérisée comme étant jolie, douce et innocente au début (p. 7), et elle est extrêmement honnête : « J'aurais avoué le complot de la famille pour le piéger si Anne n'avait pas attendu dans l'ombre de la tente de joute ». (p. 30). Cette honnêteté est en partie due à son innocence. Avec le temps, cependant, elle s'habitue à la fausseté de la cour et se donne en spectacle pendant son séjour (p. 160).

Il existe une grande rivalité entre les sœurs, parfois à la limite de la haine (p. 180). Bien que le récit soit raconté principalement du point de vue de Marie, le lecteur a l'impression qu'Anne Boleyn est le personnage principal, car elle est de loin la plus dominante des deux.

ANNE BOLEYN

Anne, dès le début du roman, est une femme adulte. Elle revient à la cour d'Angleterre après avoir été éduquée à la cour de France, et elle a adopté les manières et le style français. (p. 6) Elle est tout le contraire de Mary, tant par son caractère que par son apparence : brune, elle est provocante, séductrice, pleine d'esprit et sûre d'elle.

Elle est également sujette à des accès de colère et de violence (p. 180), méchante et jalouse (p. 162). Elle est extrêmement autoritaire et égoïste, et ne travaille que pour son propre intérêt. Ces traits de caractère négatifs ne font que s'accentuer une fois qu'elle est Reine : elle traite les membres de sa famille avec dédain, même s'ils l'ont aidée à atteindre cette place de pouvoir, et elle se considère comme invincible. Anne semble sans cœur et froide à cet égard : elle adopte le fils bien-aimé de Marie (p. 243) et empoisonne tous ceux qui se trouvent sur son chemin. Elle traite également la « vieille » Reine avec dédain.

Comme elle est très calculatrice, elle sait exactement comment obtenir ce qu'elle veut, c'est-à-dire être Reine d'Angleterre. Elle est prête à tout pour atteindre ce but, et va même jusqu'à coucher avec son frère George afin de concevoir enfin un héritier masculin pour le pays. Cependant, sa ruse et son égoïsme finissent par causer sa perte : Henri se lasse de ses jeux et cherche à la remplacer. En 1536, elle est décapitée sur la Tour verte. Jusqu'à la fin, elle garde une emprise sur Marie – pour l'accompagner à la Tour, elle choisit Catherine, la fille de Marie. Elle ne se lasse pas non plus de rappeler à Marie que son fils est le pupille d'Anne (p. 249).

Avant de jeter son dévolu sur Henry et la couronne d'Angleterre, Anne entretient une brève liaison avec Henry Percy, l'héritier du duc de Northumberland. Elle semble l'aimer et le perdre lui brise le cœur. Elle dit elle-même qu'à partir de ce moment, elle n'est plus guidée que par l'ambition, pas par l'amour (p. 129).

HENRY VIII

Henri est dépeint comme un homme égoïste, puéril, à l'attention facilement vacillante. Il semble que toute la cour, et en particulier les femmes, puissent le guider dans la direction qu'elles souhaitent : même s'il est le chef officiel du pays, il ne semble pas remarquer comment les familles puissantes qui l'entourent, comme les Boleyn ou les Seymour, guident ses actions.

Il est extrêmement influencé par Anne, qui le convainc de fonder l'Église d'Angleterre. À la fin, il devient un tyran :

il n'est pas seulement le chef du pays, mais aussi le chef de l'Église, et il croit que ses caprices et ses pensées sont donnés par Dieu.

Le roi Henri cherche désespérément un fils, un héritier mâle, un souhait qui guide toutes ses actions. Il est également sujet à des crises de colère, et quiconque le met en colère ou lui désobéit perd ses faveurs, qu'il s'agisse de son amante Marie, de sa femme la Reine Katherine ou de l'un de ses conseillers.

Au début du roman, Henri est toujours marié à la princesse espagnole beaucoup plus âgée, la Reine Katherine. Ils ont une fille, la princesse Mary, ensemble. En 1533, après avoir tenté pendant de nombreuses années d'annuler son mariage avec la Reine Katherine, désormais stérile, Henri épouse Anne Boleyn. Ils ont une autre fille, la princesse Elizabeth. Comme Anne ne lui donne plus d'enfants, il se tourne finalement vers Jane Seymour, qui deviendra sa troisième épouse après la décapitation d'Anne.

Au début du roman, Henri est jeune et beau. En 1536, cependant, il est blessé à la jambe lors d'un tournoi de joute, ce qui le rend infirme et encore plus colérique. Il grossit et s'enlaidit, ce qui, en raison de son extrême vanité, n'est pas pour lui déplaire.

ANALYSE

GENRE : ROMAN HISTORIQUE

- Le premier roman historique a été *Waverley* (1814) de Sir Walter Scott.

- Le roman historique « tente de transmettre l'esprit, les mœurs et les conditions sociales d'une époque passée avec des détails réalistes et une fidélité (qui n'est dans certains cas qu'une fidélité apparente) aux faits historiques » (*Encyclopaedia Britannica*, 2013).

- Le roman traite soit de personnages historiques réels, soit d'un mélange de personnages historiques et fictifs.

- Il peut être écrit selon des normes littéraires élevées ou être une romance costumée qui utilise simplement un cadre passé à des fins d'aventure.

Deux soeurs pour un Roi contient plusieurs passages qui soulignent son cadre historique et servent à démontrer une connaissance approfondie de l'époque :

> « *Le chasseur souffla dans son cor et tous les chevaux de la cour se raidirent d'excitation. [...] Ma jument, Jesmond, était comme un ressort enroulé, et quand le maître de la chasse a ouvert la voie sur le pont-levis, nous avons trotté rapidement après lui, les chiens de chasse comme une mer de bringés et de blancs autour des sabots des chevaux. [...] les faucheurs, appuyés sur leurs faux, nous regardaient passer, coiffant leur* »

chapeau en voyant les couleurs vives des cavaliers aristocrates, puis tombant à genoux en voyant l'étendard du roi. » (p. 64)

Il traite de personnages historiques réels plutôt que d'un mélange de personnages historiques et fictifs. Les personnages principaux sont tous membres de la cour royale des Tudor et sont historiquement attestés. Il existe même des preuves historiques pour les personnages secondaires, comme Mark Smeaton, qui finit par trahir Anne au profit du secrétaire Cromwell.

CONTEXTE HISTORIQUE ET EXACTITUDE

Henri VIII est probablement le roi le plus célèbre de l'histoire de l'Angleterre. Il a régné de 1509 à 1547 et a été marié six fois : d'abord à Catherine d'Aragon, dont il a divorcé, puis à Anne Boleyn, qu'il a fait décapiter, et enfin à Jane Seymour, qui lui a donné son premier et seul héritier mâle et qui est morte en couches. Il fut ensuite brièvement fiancé à Anne de Clèves, dont il divorça, puis à Catherine Howard, une parente des sœurs Boleyn qui fut également décapitée pour adultère, et enfin à Catherine Parr, qui lui survécut.

Outre ses six mariages, il est célèbre pour avoir rompu avec l'Église catholique romaine et fondé l'église d'Angleterre. Ironiquement, l'enfant qui a gouverné l'Angleterre avec le plus de succès et qui a donné son nom à toute une époque est sa fille et celle d'Anne, Elizabeth, qui est devenue Elizabeth Ier.

On sait peu de choses de Mary Boleyn, la sœur d'Anne Boleyn, et le roman de Gregory est une tentative de changer cela. Cependant, l'exactitude historique du roman de Gregory fait débat. Selon son propre site web, « son amour pour l'histoire et son engagement pour l'exactitude historique sont les marques de son écriture. » (Gregory : n.p.). Cependant, tous les éléments de son roman ne sont pas fondés sur la vérité. Il n'est évident qu'un roman historique présent dans une certaine mesure une interprétation des personnages, car les sources historiques ne font généralement que des allusions à leur personnalité. Les personnages féminins en particulier sont négligés dans les documents historiques, et l'auteur a donc la liberté d'inventer son propre personnage.

Cependant, le portrait que Gregory fait d'Anne Boleyn, en particulier, est source de controverses : Gregory la dépeint comme un personnage très négatif, rusé, violent et séducteur. Hilary Mantel, un autre auteur historique, souligne qu'il n'existe aucune preuve qu'Anne ait été une séductrice (Mantel, 2012 : n.p.). Elle poursuit en affirmant qu'Anne « [...] prend la couleur de nos fantasmes et est façonnée par nos préoccupations : sorcière, garce, féministe, tentatrice sexuelle, froide opportuniste. » (*ibid.*).

De plus, plusieurs incidents que Gregory présente comme des faits ne sont pas historiquement prouvés : on ne sait pas si, par exemple, Anne Boleyn a donné naissance à un fœtus difforme – cette histoire pourrait être issue d'une propagande contre sa fille Elizabeth I (*ibid.*). D'autres détails du roman sont cependant historiquement attestés, comme la danse en jaune d'Anne à la mort de la Reine Katherine. (*Ibid.*).

Lorsque David Starkey, un historien, est apparu aux côtés de Gregory dans un documentaire de la BBC sur Anne Boleyn, il a lancé un avertissement : « Nous devrions vraiment cesser de prendre les romanciers historiques au sérieux en tant qu'historiens [...] L'idée qu'ils font autorité est ridicule. Ils sont très doués pour imaginer des personnages : c'est pourquoi les romans se vendent. Ils n'ont aucune autorité lorsqu'il s'agit de traiter des sources historiques. Point final. « (Davies, 2013 : n.p.).

Enfin, la cour des Tudor que Gregory crée dans son roman semble tourner de manière unidimensionnelle autour du sexe : cela donne le sentiment que l'on tente de dresser un portrait sensationnaliste, adapté au public contemporain plutôt qu'aux faits historiques.

DISPOSITIFS NARRATIFS

En matière de voix narrative, le roman est principalement raconté du point de vue de Marie, à la première personne. Cependant, à certains moments, un narrateur omniscient prend le relais, comme dans le passage suivant : « presque aussitôt que les envoyés français furent partis, comme s'il avait attendu le calme et le secret, le cardinal Wolsey créa un tribunal caché et convoqua des témoins, des procureurs et des accusés. » (p. 199). Le même passage indique plus loin que Marie n'est pas au courant de ces procédures.

Dès le début, certains thèmes primordiaux sont abordés, laissant présager des événements qui se dérouleront plus tard dans le livre. L'un de ces thèmes est l'âge de la Reine Katherine – elle est tellement plus âgée qu'Henri qu'elle devient stérile et ne peut lui donner un héritier mâle. Lorsqu'elle apparaît pour la première fois à la cour, Anne souligne déjà ce fait, qui est d'autant plus puissant venant de sa bouche qu'elle sera un jour celle qui remplacera la Reine Katherine :

> *« "Ssshhh," ai-je dit de manière réprobatrice. C'est une belle femme. La plus belle Reine d'Europe. "C'est une vieille femme", dit Anne avec cruauté. Habillée comme une vieille femme dans les vêtements les plus laids d'Europe, de la nation la plus stupide d'Europe. Nous n'avons pas de temps à perdre avec les Espagnols. » (p. 6)*

Un autre thème dominant est la proximité entre Anne et George. Plusieurs passages laissent entendre que ces deux-là partagent plus que l'affection commune entre frères et sœurs :

> *« il s'est penché en avant et l'a embrassée à nouveau. Ses yeux se sont fermés et ses lèvres ont souri, puis se sont séparées. [...] J'ai regardé, fasciné et horrifié, ses doigts s'enfoncer dans ses cheveux noirs et lisses et ramener sa tête en arrière pour l'embrasser. [...] George est retourné à sa place au coin du feu et nous avons tous prétendu que ce n'était rien de plus qu'un baiser fraternel. » (p. 309)*

Dans un autre passage, George dit : « [...] je suis son frère [d'Anne] et je l'aurais maintenant. Elle pourrait rendre un homme fou » (p. 313). Ces passages préfigurent l'inceste entre les deux vers la fin du roman.

Le présage se produit également dans la scène suivante, dans laquelle Anne, Mary et Henry Percy marchent ensemble :

> *« "Je pense que vous trouverez que la Bible l'interdit", dit Anne de façon provocante. La Bible ordonne à un homme de choisir entre ses sœurs et de rester avec son premier choix. Tout autre choix est un péché capital. Lord Henry Percy s'est mis à rire. Je suis sûr que je pourrais obtenir une indulgence, dit-il. Le Pape m'accorderait sûrement une dispense. Avec deux soeurs comme elles, quel homme pourrait choisir ? » (p. 88)*

Cette remarque est intéressante à plus d'un titre : tout d'abord, elle préfigure l'intérêt du roi pour les deux sœurs Boleyn. Deuxièmement, Anne affirme ici que la Bible dit qu'un homme doit rester avec son premier choix. Plus tard, elle plaidera exactement le contraire pour devenir Reine. Si le roi avait suivi cette logique, il aurait dû rester avec Marie comme premier choix, plutôt que de faire d'Anne la Reine d'Angleterre. Enfin, Henry Percy mentionne le pape dans ce contexte, ce qui préfigure à nouveau la dispense que le roi Henry tentera plus tard d'obtenir du pape pour pouvoir épouser Anne.

Enfin, George dit à un moment donné à Anne: «'Bon Dieu, Anne, si jamais tu quittes la cour, tu pourrais t'installer comme sorcière [...]. Vous avez déjà la douceur». (p. 161). Cela préfigure la fin du roman, où les accusations répétées de sorcellerie conduisent au refroidissement d'Henri envers Anne, et à sa mort éventuelle.

POURSUITE DE LA RÉFLEXION

QUELQUES QUESTIONS À MÉDITER...

- Selon vous, qui est le véritable personnage principal du roman ? Deux sœurs pour un Roi, Mary, comme l'indique le titre ? Ou Anne ? Expliquez votre réponse.

- Pensez-vous que le style de narration reflète la façon dont la cour tourne autour du couple royal et la façon dont, même si c'est le point de vue de Marie, la vie d'Anne est toujours prioritaire ?

- Dans le prolongement des questions précédentes, quels sont les procédés narratifs et structurels utilisés pour souligner le rôle central de Marie dans l'intrigue ?

- De nombreux lecteurs de Philippa Gregory l'apprécient pour sa démarche féministe qui consiste à mettre au jour des femmes dont l'histoire a été négligée dans l'histoire populaire. Diriez-vous que le portrait de Marie souligne une intention féministe ? Considérez la citation exemplaire suivante dans ce contexte : « "C'est une Boleyn et une Howard", ai-je dit franchement. Sous le grand nom, nous sommes toutes des salopes en chaleur. » (p. 305)

- Pensez-vous qu'Anne a toujours comploté pour devenir Reine d'Angleterre, même si elle nie à plusieurs reprises une telle intention à sa sœur Mary? Examinez leurs conversations aux p. 36-37 et p. 77 dans ce contexte.

- Gregory commente le roman: «C'est l'histoire d'une femme qui a surmonté la tyrannie et le patriarcat pour dominer la cour royale et finalement se marier par amour. Ma représentation de l'histoire est toujours très sombre et réaliste. » (Chrisafis, 2002: n.p.) Diriez-vous que c'est le message le plus apparent qu'elle transmet? Et êtes-vous d'accord avec son affirmation de morosité et de réalisme?

- Comparez le roman à l'adaptation cinématographique de 2008. Les fins, en particulier, diffèrent – pourquoi pensez-vous que des changements ont été apportés, comme le fait qu'Anne et Marie se voient avant la mort d'Anne, et que Marie supplie Anne de lui laisser la vie sauve?

- Compte tenu de la controverse entourant Anne Boleyn, qu'est-ce qui a pu inciter Grégoire à la dépeindre sous un jour aussi négatif? Expliquez votre réponse.

- D'après vous, qu'est-ce que Gregory essaie d'accomplir en laissant constamment présager les événements de ce roman?

AUTRES LECTURES

ÉDITION DE RÉFÉRENCE

- Gregory, P. (2017) *The Other Boleyn Girl.* Londres : Harper.

ÉTUDES DE RÉFÉRENCE

- Chrisafis, A. (2002) Everyday story of courtly folk takes romantic fiction award. *The Guardian.* [En ligne]. [Consulté le 22 janvier 2019]. Disponible sur <https:// www.theguardian.com/uk/2002/apr/19/books. booksnews>
- Davies, S. (2013) David Starkey : il est « ridicule » de suggérer que les romanciers historiques ont de l'autorité. *The Telegraph.* [En ligne]. [Consulté le 22 janvier 2019]. Disponible sur : <https://www.telegraph.co.uk/ culture/tvandradio/10049866/David-Starkey-it-is-ludicrous-to-suggest-that-historical-novelists-have-authority.html>
- Gregory, P. (Pas de date) *Biographie.* [En ligne]. [Consulté le 22 janvier 2019]. Disponible sur : < https :// www.philippagregory.com/biography>
- Gregory, P. (Pas de date) *Derrière l'ordre des ténèbres Volume IV – Dark Tracks.* [En ligne]. [Consulté le 22 janvier 2019]. Disponible sur : < https://www.philippagregory. com/books/order-of-darkness-volume-iv-dark-tracks/ behind-the-book>

- (2013) Roman historique. *Encyclopaedia Britannica*. [En ligne]. [Consulté le 22 janvier 2019]. Disponible sur: <https://www.britannica.com/art/historical-novel>
- Mantel, H. (2012) Anne Boleyn: sorcière, salope, tentatrice, féministe. *The Guardian*. [En ligne]. [Consulté le 23 janvier 2019]. Disponible sur: <https://www.theguardian.com/books/2012/may/11/hilary-mantel-on-anne-boleyn>
- Morrill, J. S. et G. R. Elton. (2019) Henri VIII, roi d'Angleterre. *Encyclopaedia Britannica*. [En ligne]. [Consulté le 24 janvier 2019]. Disponible sur: <https://www.britannica.com/biography/Henry-VIII-king-of-England>

SOURCES SUPPLÉMENTAIRES

- Site officiel: www.philippagregory.com
- *Les derniers jours d'Anne Boleyn*. (2013) [téléfilm]. Rob Coldstream. Dir. Royaume-Uni: BBC.
- Guy, J. (1988) *Tudor England*. Oxford: Oxford University Press.
- Lindsey, K. (1996) *Divorced, Beheaded, Survived: A Feminist Reinterpretation of the Wives of Henry VIII*. Reading, Massachusetts: Addison-Wesley Publishing.
- Weir, A. (2011) *Mary Boleyn: The Mistress of Kings*. Ballantine Books.

ADAPTATIONS

- *The Other Boleyn Girl*. (2003) [Téléfilm]. Philippa Lowthorpe. Dir. Royaume-Uni: BBC.

- *The Other Boleyn Girl.* (2008) [Film]. Justin Chadwick. Réalisateur. Royaume-Uni, États-Unis: BBC Films, Relativity Media.

lePetitLittéraire.fr

- des analyses de livres
- des fiches de lectures
- des commentaires littéraires
- des questionnaires de lecture
- des résumés

**Retrouvez
notre offre complète sur
lePetitLittéraire.fr**